Narraciones

Narraciones

Gustavo Adolfo Bécquer

ESMERALDA PUBLISHING

NARRACIONES. GUSTAVO ADOLFO BÉCQUER.

Esmeralda Publishing LLC.

Antecedentes:

Las obras que integran este título fueron publicadas originalmente entre 1863 y 1865.

Para más información, visite nuestro sitio web: www.esmeraldapublishing.com
Esmeralda Publishing y su logo son marcas registradas de Esmeralda Publishing LLC.

ISBN: 978-1-64800-026-3

Información de portada:

Blue Morpho Butterfly (1865) – Martin Johnson Heade

Diseño: Ariel Wajnerman

APÓLOGO

Brahma se mecía satisfecho sobre el cáliz de una gigantesca flor de loto que flotaba sobre el haz de las aguas sin nombre.

La Maija fecunda y luminosa envolvía sus cuatro cabezas como con un velo dorado.

El éter encendido palpitaba en torno a las magníficas creaciones, misterioso producto del consorcio de las dos potencias místicas.

Brahma había deseado el cielo, y el cielo salió del abismo del caos con sus siete círculos y semejante a una espiral inmensa.

Había deseado mundos que girasen en torno a su frente, y los mundos comenzaron a voltear en el vacío como una ronda de llamas.

Había deseado espíritus que le glorificasen, y los espíritus, como una savia divina y vivificadora, comenzaron a circular en el seno de los principios elementales.

Unos chispearon con el fuego, otros giraron con el aire, exhalaron suspiros en el agua o estremecieron la tierra, internándose en sus profundas simas.

Visnú, la potencia conservadora dilatándose alrededor de todo lo creado, lo envolvió en su ser como si lo cubriese con un inmenso fanal.

Siva, el genio destructor, se mordía los codos de rabia. El lance no era para menos.

Había visto los elefantes que sostienen los ocho círculos del cielo, y al intentar meterles el diente, se encontró con que eran de diamante, lo que dice sobrado cuán duros estaban de roer.

Probó descomponer el principio de los elementos y los halló con una fuerza reproductora tan activa y espontánea que juzgó más fácil encontrar el último punto de la línea de circunferencia.

De los espíritus no hay para qué decir que, en su calidad de esencia pura, burlaron completamente sus esfuerzos destructores.

En tal punto la creación y en esta actitud los genios

que la presiden, Brahma, satisfecho de su obra, pidió de beber a grandes voces.

Diéronle lo que había pedido, bebió, y no debió de ser agua, porque los vapores, subiéndosele a la cabeza, le trastornaron por completo.

En este estado de embriaguez deseó alguna cosa muy extravagante, muy ridícula, muy pequeña; algo que formara contraste con todo lo magnífico y lo grandioso que había creado: y fue la humanidad.

Siva se restregó las manos de gusto al contemplarla.

Visnú frunció el ceño al ver encomendada a su custodia una cosa tan frágil.

Los hombres, en tanto, andaban mustios y sombríos por el mundo, ocultándose avergonzados los unos de los otros, cerrando los ojos para no ver a su alrededor tanto grande y eterno, y no compararlo involuntariamente con su pequeñez y su miseria.

Porque los hombres tenían la conciencia exacta de sí mismos.

—¿Queréis acabar de una vez con vuestros males? —les dijo Siva—. ¿Queréis morir?

—¡Sí, sí! —exclamaron en tumulto—. ¿Para qué queremos este soplo de existencia?

—Yo soy un estúpido, lo sé, y me avergüenzo de mi barbarie —decía uno.

—Yo soy deforme —añadía el otro—, y me entristece el espectáculo de mi ridiculez.

—Y tenemos estas y estas fallas y aquellas y las otras miserias —proseguían diciendo los demás, enumerando el cúmulo de males y defectos de que entonces, como ahora, se hallaban plagados los hombres.

—Es cosa hecha —dijo Siva, viendo la decisión de la humanidad entera.

Y levantó la mano para destruirla; pero en aquel instante se interpuso Visnú.

—Esperad un día —exclamó, dirigiéndose a los hombres—, un día no más. Voy a daros de beber un elixir misterioso. Si mañana después de haberlo bebido queréis morir, que vuestra voluntad se cumpla.

Los hombres aceptaron, y Siva dejó su presa refunfuñando entre dientes, porque conocía el ingenio y la travesura de su competidor. Visnú que efectivamente era hombre, digo mal, era dios de grandes recursos en las ocasiones críticas, se las compuso de manera que a las pocas horas tenía ya hecho y embotellado su elixir en tal cantidad que tocó a frasco por barba.

Pasó la noche, durante la cual los hombres no hicieron otra cosa que sorber por la nariz aquella especie de éter mágico; y cuando tornó a brillar la luz, vino Siva de nuevo a renovar sus proposiciones de muerte.

Los hombres, al oírle, comenzaron por maravillarse y acabaron por reírsele en las barbas.

—¡Morir nosotros —exclamaron—, cuando un porvenir inmenso se abre ante nuestra vista!

—Yo —decía el uno— voy a conmover el mundo con la fuerza de mi brazo.

—Yo voy a hacer mi nombre inmortal en la tierra.

—Yo, a avasallar los corazones con el encanto de mi hermosura.

Y así, todos iban repitiendo.

—¡Morir yo, que siento arder en mi frente la llama del genio; yo, que soy fuerte; yo, que soy hermoso, yo, que seré inmortal!

Siva no daba crédito a sus ojos, y unas veces le daban ganas de rabiar y otras de reír a carcajada tendida ante el espectáculo de tan ridícula transformación. En aquel momento pasaba Visnú a su lado, y el genio destructor no pudo menos de dirigirle estas palabras:

—¿Qué diantre les has dado a estos imbéciles, que ayer estaban todos mustios, cabizbajos y llenos de la conciencia de su pequeñez, y hoy andan con la frente erguida, burlándose los unos de los otros, creyéndose cada uno cual un dios?

Visnú, con mucha sorna, y dándole un golpecito en un hombro, se inclinó al oído de Siva y le dijo en voz muy baja:

—Les he dado el amor propio.

HISTORIA DE UNA MARIPOSA

Después de tanto escribir para los demás, permitidme que un día escriba para mí.

En el discurso de mi vida me han pasado una multitud de cosas sin importancia que, sin que yo sepa el porqué, las tengo siempre en la memoria.

Yo, que olvido con la facilidad del mundo las fechas más memorables, y apenas si guardo un recuerdo confuso y semejante al de un sueño desvanecido de los acontecimientos que, por decirlo así, han cambiado mi suerte, puedo referir con los detalles más minuciosos lo que me sucedió tal o cual día, paseándome por esta o la otra parte, cuanto se dijo en una conversación sin interés ninguno tenida hace seis o siete años, o el traje, las señas y la fisonomía de una persona desconocida que, mientras yo hacía esto o lo de más allá, se puso a mi lado, o me miró o le dirigí la palabra. En algunas ocasiones, y por lo regular cuando quisiera tener el pensamiento más distante de tales majaderías, porque una ocupación seria reclama mi atención y el empleo de todas mis facultades, acontece que comienzan a agolparse a mi memoria estos recuerdos importunos y la imaginación, saltando de idea en idea, se entretiene en reunirlas como en un mosaico disparatado y extravagante.

A veces creo que entre tal mujer que vi en un sitio cualquiera, entre otras ciento que he olvidado, y tal canción que oí mucho tiempo después y recuerdo mejor que otras canciones que no he podido recordar nunca, hay alguna afinidad secreta, porque a mi imaginación se ofrecen al par y siempre van unidas en mi memoria, sin que en apariencia halle entre las dos ningún punto de contacto. También me sucede dar por seguro que un hombre determinado, a quien apenas conozco y, que sin saber por qué, lo tengo a todas horas presente, ha de ejercer algún influjo en mi porvenir, y me espera en el camino de mi vida para salirme al encuentro.

De estas fútiles preocupaciones, de estos hechos aislados y sin importancia, me esfuerzo en vano cuando asaltan mi memoria en sacar alguna deducción positiva; y digo en vano, porque si bien en ciertos momentos se me figura hallar su escondida relación, y como oculto tras la forma de mi vida prosaica y material, me parece que he sorprendido algo misterioso que se encadena entre sí y con apariencias extrañas, o reproduce lo pasado o previene lo futuro, otros, y estos son los más frecuentes, después de algunas horas de atonía de la inteligencia práctica, vuelvo al mundo de los hechos materiales y me convenzo de que, cuando menos en ocasiones, soy un completísimo mentecato.

No obstante, como tengo en la cabeza una multitud de ideas absurdas que siempre me andan dando tormento mezclándose y sobreponiéndose a las pocas negociables en el mercado del sentido común, y como he observado que una vez escrita una y arrojada al público, la olvido por completo y nunca más torna a fatigarme, voy a ir poco a poco deshaciéndome de las más rebeldes.

Yo prometo solemnemente que si a mi enferma imaginación le aprovechan estas sangrías y mañana o pasado puedo disponer de mí mismo, he de aplicar todas mis facultades a algo más que enjaretar majaderías, y tal vez mi nombre pase a las futuras generaciones, unido al de un nuevo betún, unos polvos dentífricos o algún otro descubrimiento o invención útil a la humanidad.

Entre tanto, sufrid como tantas otras impertinencias se sufren en este mundo, el relato de dos recuerdos insignificantes: la doliente historia de una mariposa blanca y una araña negra.

Un día de primavera, un día rico de luz y de colores, de esos en que, viéndolo todo envejecerse a nuestro alrededor, nos admira que nunca se envejezca el mundo, estaba yo sentado en una piedra a la entrada de un pueblecito. Me ocupaba, al parecer, en copiar una fuente muy pintoresca, a la que daban sombra algunos álamos; pero, en realidad, lo que hacía era tomar el sol con este pretexto, pues en más de tres horas que estuve allí, embobado con el ruidito del agua y de las hojas de los árboles, apenas si tracé cuatro rayas en el papel del dibujo.

Sentado estaba, como digo, pensando, según vulgarmente se dice, en las musarañas, cuando pasaron por delante de mis ojos dos mariposas blancas como la nieve. Las dos iban revoloteando, tan juntas, que al verlas me pareció una sola. Tal vez habían roto ambas a un mismo tiempo la momia de larva que las contenía y, animándose con un templado rayo de sol, se habían lanzado a la vez, en su segunda y misteriosa vida, a vagar por el espacio.

Esto pensaba yo, cuando las mariposas volvieron a pasar delante de mí y fueron a posarse en una mata de campanillas azules, entre las que se detuvieron algunos segundos, sin que dejasen de palpitar sus alas. Después tornaron a levantar el vuelo y a dar vueltas a mi alrededor. Yo no sé qué querían de mí. Sin duda en el instinto de las mariposas hay algo de fatal que las lleva a la muerte. Ellas se agitan, como en un vértigo, alrededor de la llama que no las busca; ellas parece como que nos provocan, estrechando los círculos que describen en el aire en torno a nuestras cabezas, y las ahuyentamos, y vienen de nuevo.

Yo no sé qué querían de mí aquellas mariposas, aquellas precisamente, y no otras muchas que andaban también por allí revoloteando; yo no lo sé ni me lo he podido explicar nunca, pero lo cierto es que yo debía matar a una y, maquinalmente, no queriendo, no esperando cogerla, tendí la mano al pasar por la centésima vez junto a mi rostro, y la cogí y la maté. Sentí matarla, como sentiría que una noche se me cayeran los gemelos de teatro desde el antepecho de un palco y matasen a un infeliz de las butacas, lo cual no me ha sucedido nunca, aunque muchas veces he pensado que podría sucederme.

Esta es la historia de la mariposa; vamos a la de la araña.

La araña vivía en el claustro de un monasterio ya ruinoso y casi abandonado. Allí se había hecho una casa, tejida con un hilo oscuro, entre los huecos de un bajorrelieve.

Yo entré un día en el claustro y desperté el eco de aquellas ruinas con el ruido de mis tacones. Y se me ocurrió, lo primero, que los claustros se habían hecho para los religiosos que llevaban sandalias, y comencé a pisar quedito, porque hasta a mí me escandalizaba el ruido que hacía, siendo tan pequeño, en aquel edificio tan grande.

El cielo estaba encapotado, y el claustro recibía la luz por unas ojivas altas y estrechas que lo dejaban en penumbra de modo que, aunque todo me hacía ojos, no podía ver bien los detalles del bajorrelieve que había empezado a copiar.

El bajorrelieve representaba una procesión de monjes con el abad a la cabeza y servía de ornamento a los capiteles de un haz de columnas que formaban uno de los ángulos. No sé en dónde encontré una escalera que apoyé en el muro para subir por ella y ver los detalles; el caso es que subí, y cuando estaba más abstraído en mi ocupación, como me estorbase para examinar a mi gusto la mitra del abad una tela oscura y polvorienta que la envolvía casi toda, extendí la mano y la arranqué, y de debajo de aquella cosa sin nombre, que era su habitación, salió la araña.

Una araña horrible, negra, velluda, con las patas cortas y el cuello abultado y glutinoso.

No sé qué fue más pronto, si salir el animalucho aquel de su escondrijo, o tirarme yo al suelo desde lo alto de la escalera, con peligro de romperme un brazo, todo asustado, todo conmovido, como si hubiese visto animarse uno de aquellos vestiglos de piedra que se enroscan entre las hojas de trébol de la cornisa y abrir la boca para comerme crudo.

La pobre araña, y digo la pobre porque ahora que la recuerdo me causa compasión, la pobre araña, digo, andaba aturdida, corriendo de acá para allá, por cima de aquellos graves personajes del bajorrelieve, buscando un refugio. Yo, repuesto del susto y queriendo vengarme en ella de mi debilidad, comencé a coger cantos de los que había allí caídos, y tantos le arrojé que al fin le acerté con uno.

Después que hubo muerto la araña, dije: "¡Bien muerta está! ¿Para qué era tan fea?". Y recogí mi cartera de dibujo, guardé mis lápices y me marché tan satisfecho.

Todo esto es una majadería, yo lo conozco perfectamente; pero ello es que andando algún tiempo, decía yo, apretándome la cabeza con las manos y como queriendo sujetar la razón que se me escapaba: "¿Por qué da vueltas esa mujer alrededor de mí? Yo no soy una llama y, sin embargo, puede abrasarse. Yo no la quiero matar y, a pesar de todo, puedo matarla". Y después que hubo pasado todavía más tiempo, pensé y creo que pensé bien: "Si yo no hubiera muerto la mariposa, la hubiera matado a ella".

En cuanto a la araña... he aquí que comienzo a perder el hilo invisible de las misteriosas relaciones de las cosas, y que al volver a la razón empieza a faltarme la extraña lógica del absurdo, que también la tiene para mí en ciertos momentos. No obstante, antes de terminar diré una cosa que se me ha ocurrido muchas veces, recordando este episodio de mi vida. ¿Por qué han de ser tan feas las arañas y bonitas las mariposas? ¿Por qué nos ha de remorder el llanto de unos ojos hermosos, mientras decimos de otros: "Que lloren, que para llorar se han hecho"?

Cuando pienso en todas estas cosas, me dan ganas de creer en la metempsicosis.

Todo sería creer en una simpleza más de las muchas que creo en este mundo.

MEMORIAS DE UN PAVO

No hace mucho que, invitado a comer en casa de un amigo, después que sirvieron otros platos confortables, hizo su entrada triunfal el clásico pavo, de rigor durante las Pascuas en toda mesa que se respete un poco y que tenga en algo las antiguas tradiciones y las costumbres de nuestro país.

Ninguno de los presentes al convite, incluso el anfitrión, éramos muy fuertes en el arte de trinchar, razón por la que mentalmente todos debimos coincidir en el elogio del uso últimamente establecido de servir las aves trinchadas. Pero como, sea por respeto al rigorismo de la ceremonia, que en estas solemnidades y para dar a conocer sin que quede género de duda que el pavo es pavo, parece exigir que este salga a la liza en una pieza; sea por un involuntario olvido o por otra causa que no es del caso averiguar, el animalito en cuestión estaba allí íntegro y pidiendo a voces un cuchillo que lo destrozase; me decidí a hacerlo, y poniendo mi esperanza en Dios y mi memoria en el Compendio de Urbanidad que estudié en el colegio, donde, entre otras cosas no menos útiles, me enseñaron algo de este difícil arte, empuñé el trinchante en la una mano, blandí el acero con la otra, y salga lo que saliere, le tiré un golpe furibundo.

El cuchillo penetró hasta las más recónditas regiones del ya implume bípedo; mas juzguen mis lectores cuál no sería mi sorpresa, al notar que la hoja tropezaba en aquellas interioridades con un cuerpo extraño.

—¿Qué diantre tiene este animal en el cuerpo? —exclamé, con un gesto de asombro e interrogando con la vista al dueño de la casa.

—¿Qué ha de tener? —me contestó mi amigo, con la mayor naturalidad del mundo—. Que está relleno.

—¿Relleno de qué? —proseguí yo, pugnando por descubrir la causa de mi estupefacción—. Por lo visto, debe ser de papeles, pues a juzgar por lo que se toca con el cuchillo, este animal trae un protocolo en el buche.

Los circunstantes rieron a mandíbula batiente mi observación.

Sintiéndome picado de la incredulidad de mis amigos, me apresuré a abrir en canal el pavo, y cuando lo hube conseguido, no sin grandes esfuerzos, dije en son de triunfo, como el Salvador de Santo Tomás:

—Ved y creed.

Había llegado el caso de que los demás participasen de mi asombro. Separadas a uno y otro lado las dos porciones carnosas de la pechuga del ave y rota la armazón de huesos y cartílagos que la sostenían, todos pudimos ver un rollo de papeles ocupando el lugar donde antes se encontraron las entrañas y donde entonces teníamos, hasta cierto punto, derecho a esperar que se encontrase un relleno un poco más gustoso y digerible.

El dueño de la casa frunció el entrecejo. La broma, caso de serlo, no podía venir sino de la parte de la cocinera, y para broma de abajo arriba, preciso era confesar que pasaba de castaño oscuro.

El resto de los circunstantes exclamaron a coro, pasado el primer momento de estupefacción, que lo fue asimismo de silencio profundo:

—Veamos, veamos qué dice en esos papeles.

Los papeles, en efecto, estaban escritos. Yo, aun a riesgo de mancharme los dedos, pues estaban bastante grasientos, los extraje del sitio en que se encontraban, y aproximándome a la luz de una bujía pude descifrar este manuscrito que hasta hoy he conservado inédito:

Impresiones, notas sueltas
y pensamientos filosóficos de un pavo destinado a utilizarse
en la redacción de sus Memorias

Ignoro quiénes fueron mis padres, el sitio en que nací y la misión que estoy llamado a realizar en este mundo. No sé, por tanto, de dónde vengo ni adónde voy.

Para mí no existe pasado ni porvenir; de lo que fui no me acuerdo; de lo que seré no me preocupo. Mi existencia, reducida al momento presente, flota en el océano de las cosas creadas como uno de esos átomos luminosos que nadan en el rayo del sol.

Sin que yo, por mi parte, la haya solicitado, ni poder explicarme por dónde me ha venido, me he encontrado con la vida; y como suele decirse que a caballo regalado no hay que mirarle el diente, sin discutirla, sin analizarla, me limito a sacar de ella el mejor partido posible.

Porque la verdad es que en los templados días de primavera, cuando la cabeza se llena de sueños y el corazón de deseos, cuando el sol parece más brillante y el cielo más azul y más profundo; cuando el aire perezoso y tibio vaga a nuestro alrededor cargado de perfumes y de notas de armonías lejanas; cuando se bebe en la atmósfera un dulce y sutil fluido que circula con la sangre y aligera su curso, se siente un no sé qué de diáfano y agradable en uno mismo y en cuanto lo rodea, que no se puede menos de confesar que la vida no es del todo mala.

La mía, a lo menos, es bastante aceptable. En clase de pavo, se entiende.

Aún no clarea la mañana cuando un gallo, compañero de corral, me anuncia que es la hora de salir al campo a procurarme la comida.

Entreabro los soñolientos ojos, sacudo las plumas y héteme aquí calzado y vestido.

Los primeros rayos de sol bajan resbalando por la falda de los montes, doran el humo que sube en azuladas espirales de las rojas chimeneas del lugar, abrillantan las gotas de rocío escondidas entre el césped y relucen como un inquieto punto de luz en los pequeños cascos de vidrio y loza de platos y pucheros rotos que, diseminados acá y allá, en el montón de estiércol y basuras a que se dirigen mis pasos, fingen, a la distancia, una brillante constelación de estrellas.

Allí, ora distraído en la persecución de un insecto que huye, se esconde y torna a aparecer, ora revolviendo con el pico la tierra húmeda, entre cuyos terrones aparece de cuando en cuando una apetitosa simiente, dejo transcurrir todo el espacio de tiempo que media entre el alba y la tarde. Cuando llega esta, un manso ruidito de aguas corrientes me llama al borde del arroyo próximo, donde, al compás de la música del aire, del agua y de las hojas de los álamos, abriendo el abanico de mis oscuras plumas, hago cada idilio a la inocente pava, señora de mis pensamientos, que causarían envidia, a poderlos comprender, no digo a los rústicos gañanes que frecuentan estos contornos, sino a los más pulidos pastores de la propia Galatea.

Tal es mi vida; hoy como ayer, probablemente como hoy.

Repetid esta página tantas veces como días tiene el año y tendréis una exacta idea de la primera parte de mi historia.

La inalterable serenidad de mi vida se ha turbado como el agua de una charca a la que arrojan una piedra.

Una desconocida inquietud se ha apoderado de mi espíritu, y ya va de dos veces que me sorprendo pensando.

Este exceso de actividad de las facultades mentales es causa de una gran perturbación en mi economía orgánica; apenas duermo once horas, y ayer se me indigestó el hueso de un albaricoque.

Yo creí que no habría nada más allá de esas montañas que limitan el horizonte de la aldea. No obstante, he oído decir que vamos a la corte, y que para llegar hasta allí salvaremos esas altísimas barreras de granito que yo creía el límite del mundo. ¡La corte! ¿Cómo será la corte? Pronto saldré de dudas.

Escribo estas líneas en el corral donde me recojo a dormir y aprovechando la última luz del crepúsculo de la tarde. Mañana partimos. Un poco precipitada me parece la marcha. Por fortuna, el arreglo del equipaje no me ha de entretener mucho.

Me he detenido en lo más alto de la cumbre que domina el valle donde viví para contemplar por última vez las bardas del corral paterno.

¡Con cuánta verdad podría llamarse a estas peñas, desde donde envío un postrer adiós a lo que fue mi reino, el suspiro del pavo!

Desde aquí veo la llanura teatro de mis cacerías. Más allá corre el arroyo que al par que apagaba mi sed me ofrecía limpio espejo donde contemplar mi hermosura.

Allí vive mi pava; junto a aquel árbol la vi por primera vez. ¡Al pie de ese otro le declaré mi amor!

Las lágrimas me oscurecen la vista y lloro a moco tendido, en toda la extensión de la frase.

¡Parece que al alejarme de estos sitios se me arranca algo del fondo de las entrañas y, a mi pesar, se queda en ellos!

¿Será este extraño afán presentimiento de mi desventura? ¿Será...?

Un cañazo ha interrumpido el hilo de mis reflexiones en este instante.

Hago aquí el punto, deprisa y corriendo, para reunirme a la manada, no sea que se repita la insinuación.

Ya estamos en la corte. He necesitado que me lo digan y me lo repitan cien veces para creerlo. ¿Es esto Madrid? ¿Es este el paraíso que yo soñé en mi aldea? ¡Dios mío! ¡Qué desencanto tan horrible!

El sol llega trabajosamente al fondo de estas calles, cuyas casas parecen castillos; ni un mal jaramago crece entre las descarnadas junturas de los adoquines: aún no ha acabado de caer al suelo la cáscara de una naranja, el troncho de una col, el hueso de un albaricoque, cualquier cosa, en fin, que pueda utilizarse como alimento digerible, cuando ya ha desaparecido sin saber por dónde.

En cada calle hay un tropiezo; en cada esquina, un peligro. Cuando no nos acosa un perro, amenaza aplastarnos un coche o nos arrima un puntillón un pillete.

La caña no se da punto de reposo. Noche y día la tenemos suspendida sobre la cabeza, como una nueva espada de Damocles.

Ya no puedo seguir al azar el camino que mejor me parece, ni detenerme un momento para descansar de las fatigas de este interminable pase. "¡Anda! ¡Anda!", me dice a cada instante nuestro guía, acompañando sus palabras con un cañonazo.

¡Con cuánta más razón que al famoso judío de la leyenda se me podría llamar a mí el pavo errante! ¿Cuándo terminará esta enfadosa y eterna peregrinación?

He perdido lo menos dos libras de carne.

No obstante, a un caballero que se ha parado delante de la manada he conseguido llamarle la atención por gordo. ¡Si me hubiera conocido en mi país y en los días de mi felicidad!

Con esta va de tres veces que me coge por las patas y me mira y me remira, columpiándome en el aire, dejándome luego, para proseguir en el animado diálogo que sostiene con nuestro conductor.

Por cuarta vez me ha cogido en peso y, sin duda, ha debido de distraerse con su conversación, pues me ha tenido cabeza abajo más de siete minutos.

El capricho de este buen señor comienza a cargarme.

¿Es esto una pesadilla horrible? ¿Estoy dormido o despierto? ¿Qué pasa por mí? Ya hace más de un cuarto de hora que trato de sobreponerme al estupor que me embarga y no acierto a conseguirlo.

Me encuentro como si despertara de un sueño angustioso... Y no hay duda. He dormido, o, mejor dicho, me he desmayado.

Tratemos de coordinar las ideas. Comienzo a recordar confusamente lo que me ha pasado. Después de mucha conversación entre nuestro guía y el desconocido personaje, este me entregó a otro hombre, que me agarró por las patas y se me cargó al hombro.

Quise resistirme, quise gritar al ver que se alejaban mis compañeros; pero la indignación, el dolor y la incómoda postura en que me habían colocado ahogaron la voz en mi garganta. Figuraos cuánto sufriría hasta perderlos de vista.

Luego me sentí llevado al través de muchas calles, hasta que comenzaron a subir unas empinadas escaleras que no parecían tener fin.

A la mitad de esta escala, que podría compararse a la de Jacob por lo larga, aun cuando no bajasen ni subiesen ángeles por ella, perdí el conocimiento.

La sangre, agolpada a la cabeza, debió producirme un principio de congestión cerebral.

Al volver en mí me he hallado envuelto en tinieblas profundas. Poco a poco mis ojos se van acostumbrando a distinguir los objetos de la oscuridad, y he podido ver el sitio en que me encuentro.

Esto debe de ser lo que en Madrid llaman una buhardilla. Trastos viejos, rollos de estera, pabellones de telaraña constituyen todo el mobiliario de esta tenebrosa estancia, por la que discurren a su sabor algunos ratones.

Por el angosto tragaluz pasa en este instante un furtivo rayo de sol... ¡El sol, el campo, el aire libre! ¡Dios mío, qué tropel de ideas se agolpa en mi mente! ¿Dónde están aquellos días felices? ¿Dónde están aquellas...?

Me es imposible seguir. Una arpía, turbando mis meditaciones, me ha metido catorce nueces en el buche. Catorce nueces con cáscaras y todo. Figuraos por un momento cuál será mi situación. ¡Y a esto le llaman en este país dar de comer!

*

Lasciate ogni speranza! Han pasado algunos días y se me ha revelado todo lo horrible de mi situación. He visto brillar con un fulgor siniestro el cuchillo que ha de segar mi garganta y he contemplado con terror la cazuela destinada a recibir mi sangre.

Ya oigo los tambores de los chiquillos que redoblan anunciando mi muerte. Mis plumas, estas hermosas plumas con que tantas veces he hecho el abanico, van a ser arrancadas, una a una, y esparcidas al viento como las cenizas de los más monstruosos criminales.

Voy a tener por tumba un estómago, y por epitafio la décima en que pide los aguinaldos un sereno.

Se tu non piangi, di che pianger suoli?

Cuando terminé la lectura de este extraño diario, todos estábamos enternecidos. La presencia de la víctima hacía más conmovedora la relación de sus desgracias.

Pero... ¡oh, fuerza de la necesidad y la costumbre!, transcurrido el primer momento de estupor y de silencio profundo, nos enjugamos con el pico de la servilleta la lágrima que temblaba suspendida en nuestros párpados y nos comimos el cadáver.

UN BOCETO DEL NATURAL

I

Me encontraba accidentalmente en un puerto de mar, durante la estación de baños. Merced a mi antiguo conocimiento con una familia que, aunque establecida en la corte, acostumbraba pasar dos o tres meses del verano en aquel punto, había logrado hacerme en pocos días de algunas agradables relaciones entre las personas más distinguidas de la población.

Después de haber sufrido en materia de amores, no diré desengaños, sino alguna que otra contrariedad, explotaba por aquella época el filón de las amistades femeninas. Entre las varias mujeres con que había intimado, fiel a mi propósito de cultivar ese género de relaciones que se mantienen en el justo medio de las simpatías, se contaban dos hermanas, las dos bonitas, las dos discretas, a pesar de que la una pecaba un poco de aturdida, mientras la otra tenía de cuando en cuando sus puntas de sentimentalismo.

Esta misma diferencia de caracteres era para mí uno de los mayores alicientes de su trato; pues cuando me sentía con humor de reír, me dedicaba a pasar revista a todas las ridiculeces de nuestros compañeros de temporada en unión con Luisa, que así se llamaba la más alegre de genio, y cuando, por el contrario, sin saber por qué ni por qué no, me asaltaban esas ideas melancólicas de las que en vano trata uno de defenderse cuando se encuentra entre personas de diverso carácter, daba rienda suelta a mis sensiblerías, charlando con Elena, que este era el nombre de la otra, de vagos presentimientos, pesares no comprendidos, aspiraciones sin nombre, y toda esa música celeste del sentimentalismo casero. Así, bromeando y riendo a carcajadas con esta, cuchicheando a media voz con aquella o hablando indiferentemente con las dos de música, de modas, de novelas, de amor, de viajes, comunicándonos nuestras impresiones, revelándonos nuestros secretos, revelables entre amigos, refiriéndonos nuestras aventuras o echando planes sobre el porvenir, pasábamos la mayor parte del tiempo juntos, ya en su casa, donde comía algunas veces, ya en los paseos que proyectábamos a los alrededores de la población o en el camino del baño, adonde las acompañaba todas las tardes.

Una de estas tardes, que fui como de costumbre en su busca para acompañarlas al baño, encontré la casa removida, los criados revueltos, un saco de noche por aquí, una maleta por allá, todas las señales, en fin, que indican un viaje próximo.

—¿Qué es eso? —pregunté a Luisa, que fue la primera que salió a recibirme—. ¿Se marchan ustedes?

—No —me contestó—; es que acaba de llegar mi prima Julia, que viene a pasar una temporada con nosotras.

—Siendo así —dije—, tendremos una nueva compañera de tertulias y de excursiones.

—Seguramente —añadió Luisa— tendremos una nueva compañera, aunque bastante original.

Y al decir esto acompañó sus palabras con una sonrisa maliciosa.

—Pero... pase usted —se apresuró a añadir, viendo que yo permanecía irresoluto y aún con el sombrero en la mano en el dintel de la antesala—; pase usted al gabinete, que aun cuando no salimos esta tarde, charlaremos un rato y conocerá usted a Julia, que está en el tocador con Elena, y pronto acabará de vestirse.

Esto diciendo, hizo señas a un criado para que me tomase el sombrero, me condujo al gabinete y haciéndome una graciosa reverencia me dijo con coquetería:

—Ahora va usted a dispensarme si le dejo a solas un ratito porque yo también tengo que arreglarme un poco.

—¡Una compañera original! —exclamé ya maquinalmente cuando hubo desaparecido Luisa—. ¿Qué entenderá esta por original? ¿Será original por la figura o por el carácter? Tengo deseos de conocerla. ¡Original! Precisamente eso es lo que no me parece ninguna de las que conozco. ¿Será fea?, ¿será tonta? Pero nada de esto es raro, sino por desgracia harto común. ¡Señor! ¿Qué particularidad tendrá esa mujer que tan esencialmente la diferencia de las otras mujeres?

Y embebido en estas ideas, me puse a hojear distraídamente el álbum de Elena que encontré sobre un velador. En aquel álbum, y entre un diluvio de muñecos deplorables y de versos de pacotilla, vi algunas hojas en las cuales las amigas de colegio de Elena, como para dejarle un recuerdo, habían escrito sus nombres, estas al pie de una mala redondilla, aquellas debajo de tres o cuatro renglones de mediana prosa, en que ponderaban su amistad y la hermosura de la dueña del álbum, o aventuraban uno de esos pensamientos poéticos de que todas las niñas románticas tienen como una especie de troquel en la cabeza. Ya iba a dejar el álbum sobre el velador, cuando al volver una de sus hojas fijé casualmente la vista en unos garrapatos, hechos tan a la ligera, que solo merced a un detenido examen pude averiguar que aquellas líneas extrañas tenían la pretensión de ser letras y que el todo formaba el nombre de una mujer.

En efecto, en aquella hoja, la prima de Elena, contrastando en su laconismo con el fárrago de inocentadas de sus otras compañeras de pensión, se había limitado a poner "Julia"; ni más verso, ni más prosa, ni apellido, ni rasgo de firma: "Julia", y esto así, de una vez, como quien escribe sin mirar; más con la intención que con la mano; sin otros perfiles ni adornos que algún borrón suelto o esos salpicones de tinta que deja la pluma cuando, llevada con descuido y velocidad, parece como que va saltando sobre el papel. Yo he leído en alguna parte que hay ciertas reglas sacadas de la observación para conocer el carácter de la persona por solo su escritura. Dificulto que esto pueda constituirse, como la frenología o la fisionomía, en una ciencia, ni aun por sus más adictos partidarios; pero no hay duda que, por un sentimiento vago e instintivo, siempre que vemos un autógrafo cualquiera, se nos antoja que conocemos ya, aunque de un modo confuso, la persona a quien pertenece. No obstante que yo sabía que las personas que hacen las letras de tal hechura es porque son nerviosas, y las que no porque son linfáticas, y que los melancólicos escriben de esta manera y los alegres de la otra, toda mi pericia caligráfico–moral se estrellaba en el análisis de aquel nombre compuesto de cinco letras, de las cuales esta era estrecha y tendida, la otra redonda y grande, mientras las de más allá tenían forma apenas, o se adivinaban más por la intención que por los rasgos.

A primera vista, y juzgando por la impresión, cualquiera hubiese dicho que la persona que había puesto su nombre en aquella hoja de aristol no sabía escribir. Pero quedarse en este punto de la inducción sería quedarse en la superficie de la cosa. Yo me engolfé en el terreno de las suposiciones y creí ver en aquellos rasgos desiguales la señal evidente de que Julia escribía poco, y escribía, no como por un mecanismo, sino con el mismo desorden, la lentitud o la prisa del que habla: al escribir, entre sus manos, sus facciones y su inteligencia, debían existir movimientos armónicos. Al ver detrás de tanta y tanta majadería como se encontraba en el álbum de Elena aquella inmensa página en blanco con cuatro letras borrajeadas de cualquier modo, diríase que un genio superior, Byron o Balzac, por ejemplo, instado por una señorita impertinente, y no pudiendo eludir el compromiso, había trazado allí con desdén su nombre.

—No hay duda —exclamé arrojando el libro sobre el velador—, si continúo media hora más tratando de resolver este enigma, acabaré por fingirme en la imaginación alguna locura de las que yo acostumbro... Afortunadamente la realidad está cerca.

Y al decir esto, me levanté para saludar a mis amigas, cuyos elegantes trajes de seda oía crujir en la sala, y cuyos menudos pasos sentía aproximarse en dirección al gabinete.

II

Luisa y Elena entraron en el gabinete acompañadas de su prima. Como era natural, me fijé desde luego en la recién llegada, con una insistencia que acaso pecaría de indiscreción, pero que disculpaba en parte el interés que, aun sin conocerla, me había inspirado.

Julia era alta, delgada, pálida y ligeramente morena. Tenía los pómulos acusados, la nariz fina y aguileña, los labios delgados y encendidos, las cejas negras y casi unidas, la frente un poco calzada y el cabello oscuro, crespo y abundante. Como aquella mujer he conocido muchas, pero ojos como los suyos confieso que no había visto jamás. Eran pardos, pero tan grandes, tan desmesuradamente abiertos, tan fijos, tan cercados de sombra misteriosa, tan llenos de reflejos de una claridad extraña, que al mirarlos de frente experimenté como una especie de alucinación y bajé al suelo la mirada.

Bajé la mirada, pero aquellos dos ojos tan claros y tan grandes, desasidos del rostro al que pertenecían, me pareció que se quedaban solos y flotando en el aire ante mi vista, como después de mirar al sol se quedan flotando por largo tiempo unas manchas de colores ribeteados de luz.

Repuesto del momentáneo estupor que me habían producido aquellos ojos extraños e inmóviles, estreché ligeramente la mano de Elena y saludé a Julia, cuyas facciones se iluminaron, por decirlo así, con una sonrisa, al inclinar con lentitud la cabeza para devolverme el saludo.

Mi primera intención, después de saludarla, fue buscar la fórmula de alguna de esas galanterías de repertorio para decir algo a propósito de la llegada de nuestra nueva compañera; pero al fijarme por segunda vez en su rostro, la sonrisa que lo iluminó un instante había desaparecido, y me encontré con el mismo semblante impasible y con los mismos ojos pardos y grandes, tan grandes, que como vulgarmente suele decirse, le cogían toda la cara.

La frase ya hecha en la imaginación se me antojó una vulgaridad; removí los labios sin acertar a pronunciar palabra alguna, y por segunda vez perdí el terreno. Aparté de la suya mi vista y me puse a examinar, sin que me importase el examen maldita la cosa, uno de los dijes de la cadena del reloj.

Me había propuesto espiar a aquella mujer, aquilatar su inteligencia por sus palabras, estudiarla como un fenómeno curioso, analizarla en fin, seguro de que el análisis me daría por resultado el residuo que queda de todas; pero, por lo visto, me había cogido la vez, se había puesto en guardia y atrincherada en su impasibilidad y silencio, parecía aguardar a oírme para juzgarme.

La idea de que aquella mujer pudiera formar de mí una opinión desventajosa comenzaba a preocuparme.

Lo primero que se me ocurrió fue buscar algunos recursos para salir airoso del paso, pero al mismo tiempo me acordé que, cuando se piensa de antemano lo que se va a hacer o decir, se tiene andada la mitad del camino para encajar una necedad o cometer una torpeza.

Afortunadamente estaba allí Luisa. Luisa, que en poniéndose a hablar charlaba hasta por los codos; que preguntaba y se contestaba a sí misma; que era capaz ella sola de mantener la conversación en un duelo; que no dejaba parar un punto la atención sobre cosa alguna; que a cada momento traía un nuevo asunto al debate; y esta, rompiendo el embarazoso silencio en que nos habíamos quedado, me rogó que me sentara y tratase a su prima con la misma confianza que a ellas las había tratado siempre.

Nos sentamos: Luisa, junto al balcón del gabinete que se abría sobre el jardín de la casa; Elena, próxima al piano, por encima de cuyas teclas comenzó a pasear distraídamente sus dedos, y Julia, casi en el fondo de la habitación.

Yo dejé, por un movimiento instintivo, la silla donde estuve sentado hasta entonces y busqué con la vista una butaca. No sé cómo explicarme esta nimiedad; pero por primera vez de mi vida me ocurrió que, sentado en una silla estrecha y empinada, se está como vendido y haciendo una figura grotesca.

Una vez sentados, se comenzó a hablar de cosas indiferentes. Luisa, como de costumbre, sostuvo la conversación en primera línea. Elena terció a menudo, yo aventuré muy pocas palabras, y a Julia no logramos arrancarle sino algún que otro rarísimo monosílabo. Confieso francamente que aquel desdeñoso silencio me seguía preocupando lo que no es decible.

La presencia de Julia era como un obstáculo a la expansión natural entre nosotros. Yo me sentía con menos franqueza que de costumbre en una casa donde siempre la había tenido de sobra; Elena parecía preocuparse de mi visible encogimiento y Luisa, cansada de hablar sin que nadie le contestara, acabó por levantarse y descorrer las persianas del balcón para entretenerse en enredar por entre los hierros las guías de una enredadera que se encaramaba hasta aquella altura desde el jardín.

El sol se había puesto: en el jardín se escuchaba esa confusa algarabía de los pájaros tan característica de las tardes de estío; la brisa del mar, meciendo lentamente las copas de los árboles y empapándose en el perfume de las acacias, entraba a bocanadas por el balcón, inundando el gabinete en olas invisibles de fragancia y de frescura.

Las sombras del crepúsculo comenzaban a envolver todos los objetos, confundiendo las líneas y borrando los colores; en el fondo de la habitación y entre aquella suave sombra, brillaban los ojos de Julia como dos faros encendidos e inmóviles. Yo no quería mirarla; deseaba afectar su mismo desdén y, sin embargo, mis ojos iban continuamente a buscar los suyos. Elena rompió al fin el silencio, exclamando:

—¡Qué hermosa tarde!

—Hermosísima —añadí yo maquinalmente sin saber siquiera lo que decía y solo por decir algo.

Pero apenas pronuncié esta palabra, pensé que después de callar por tan largo espacio no se nos había ocurrido otra cosa mejor que hablar del tiempo. ¡Del tiempo! Esa eterna y antigua muletilla de los que no saben de qué hablar. Asaltarme esta idea y volverme a mirar a Julia, todo fue obra de un instante.

No lo podré asegurar; pero a mí me pareció que sus labios se dilataban imperceptiblemente, que se reía en fin su inteligencia de nuestras vulgaridades, y que aquella risa mental se reflejaba de un modo extraño en su rostro.

Desde que creí apercibirme de su muda ironía, fue ya un verdadero suplicio para mí el verme obligado a responder a Elena, que comenzó a hablarme del canto de los pajaritos, de las nubecitas color de púrpura, de la poética vaguedad del crepúsculo y otras mil majaderías de este jaez.

—¿Por qué no toca usted algo? —exclamé, dirigiéndome a mi sensible interlocutora con el propósito de salir, por medio de una brusca interrupción, del peligroso terreno de la poesía hablada.

Elena abrió un cuaderno de música, el primero que le vino a mano, con intención sin duda de tocar cualquier cosa, la que antes se ofreciera a su vista.

"¡No nos faltaba más sino que hiciese el diablo que tropezara con un trozo de zarzuela para acabar de coronar la obra!", exclamé yo para mis adentros, mientras me disponía a escuchar lo más cómodamente posible.

Por fortuna el libro era de música escogida, y Elena comenzó a tocar un vals de Beethoven; un vals de concierto, de una melodía vaga, de una cadencia indecisa, extraño en el pensamiento, más extraño aún en sus giros y sus inesperadas combinaciones armónicas. Cuando Elena hubo concluido de tocar y la última nota se apagó en el aire, Luisa, que aún permanecía en el balcón arreglando las guías de las enredaderas, exclamó dirigiéndose a su hermana:

—Tú dirás lo que se te antoje, me tratarás de zarzuelera y de ignorante, pero yo te digo con toda verdad que no sé qué mérito tienen esas algarabías alemanas que dicen que es un vals y que yo, por más que hago, no encuentro el modo de que pueda bailarse.

Al oír a Luisa, no pude por menos de sonreírme y antes de que Elena comenzase a explicarnos cómo entendía ella las bellezas de aquel género de música especialísimo, me volví hacia Julia para preguntarle a quemarropa.

—¿Y a usted, le gusta este vals?

Ya no era posible eludir una contestación categórica, ya era necesario que hablase, que diese su opinión sobre una materia delicada. "Un punto de apoyo y levanto el mundo", decía Arquímedes. "Un dato sobre el carácter de esa mujer y adivinaré el resto", exclamaba yo en mi interior, felicitándome por el expediente que había encontrado para hacerla hablar.

Julia se sonrió una vez más con aquella sonrisa imperceptible que tanto me había preocupado hacía un momento, y se limitó a contestarme:

—Entiendo muy poco de música.

III

El poco resultado de mi estratagema me puso de tan mal humor, que so pretexto de que la recién llegada necesitaría descansar de las fatigas del camino, abrevié la visita y me marché a la calle.

Necesitaba respirar un poco el aire libre, coordinar mis ideas, darme cuenta a mí mismo de lo que me estaba pasando. Luisa, al despedirme de ella, me había encargado mucho que no dejase de buscarlas a la mañana siguiente para dar un paseo por la orilla del mar. Aunque no me dijo nada de si asistiría o no Julia a este paseo, yo supuse que, fatigada del viaje, no se encontraría de humor para madrugar tanto, y esta idea me animó a acudir a la cita.

A decir verdad, tenía como miedo de volver a encontrarme frente a frente con aquella mujer sin que me diesen primero algunos pormenores sobre su carácter y su historia, y esto nadie podría hacerlo mejor que Luisa, que ya la había calificado de original al anunciármela.

Aquella noche la pasé en claro revolviendo en la fantasía tanto disparate que, apenas comenzó a azulear en las vidrieras de mi balcón la primera luz del día, salté de la cama, me vestí apresuradamente y salí por las calles a esperar la hora señalada, paseándome al fresco y tratando de desechar las ideas absurdas que hervían en mi cabeza.

No sé cuánto tiempo anduve vagando de un lado a otro como un sonámbulo, hablando a solas y tropezando con todo el mundo; lo que puedo decir es que, cuando llegué a casa de mis compañeros de temporada, ya estaban vestidos y esperándome, según me dijeron, hacía cerca de una hora.

—Y la primita, ¿descansa aún? —pregunté a Elena.

—No tal —me contestó—; viendo que se retardaba la hora de salir, se ha decidido a levantarse para acompañarnos.

En aquel momento llegó Julia; parecía otra mujer; nada más ligero y elegante que su sencillo traje color de rosa; nada más fresco y gracioso que su sombrero de paja de Italia, cuyas anchas cintas de gro blanco se anudaban debajo de su barba con un gran lazo de puntas sueltas y flotantes. Estaba descolorida como el día anterior, pero sus facciones eran tan delicadas que la luz parecía transparentarse a través de ella. Sus inmensos ojos, cuyas pupilas se dilataban desmesuradamente en la misteriosa sombra del crepúsculo, estaban entonces entornados, como defendiéndose de la deslumbradora claridad del día. En sus labios delgados y encendidos, en los cuales creí observar en mi primera entrevista una expresión irónica, brillaba una sonrisa tan ingenua e inocente como la de los niños cuando se ríen durmiendo, porque según sus madres ven pasar a los ángeles sobre su cabeza.

Esta inesperada transformación echó por tierra todos los castillos en el aire que había formado hasta allí, tomando por base su desdeñoso ademán, su altivo silencio y la fantástica y extraña expresión de su rostro. Yo esperaba encontrar a la misma mujer impasible y misteriosa de la tarde anterior, y al ver a la Julia de leyenda, súbitamente convertida en una muchacha risueña, de fisonomía simpática y maneras aniñadas y graciosas, más bien que sereno y animado, me sentí nuevamente sobrecogido y temeroso.

Decididamente, aquella mujer se había atravesado en mi camino para confundirme y desesperarme.

Emprendimos nuestro paseo en dirección a la playa. Durante el camino hablamos de cosas indiferentes. Mi idea era hacer que Julia tomase parte en la conversación de un modo indirecto. Para esto hice todo lo posible por no dirigirle la palabra a fin de que no trasluciera mi deseo de oírla hablar, pero este ardid no me valió tampoco. Casual o deliberadamente, Julia no desplegó sus labios, a pesar de que en varias ocasiones vi que los movía con intención de pronunciar algunas palabras y arrepintiéndose antes de decirlas.

Muchas veces, hallándome con personas que bien por diferencias de carácter, de educación o de aspiraciones, estaba seguro que, al decirles ciertas cosas que asaltaban mi imaginación, no habían de comprenderlas, me había sucedido detenerme de pronto antes de hablar, y guardando a mi vez un silencio que acaso parecería desdeñoso. ¿Será que esa mujer cree que su inteligencia está tan por cima de la esfera vulgar en que nos agitamos que no hay entre nosotros quien la pueda apreciar en lo que vale? Esta pregunta, que no pude menos de dirigirme al ver frustrados todos mis planes, hirió mi amor propio y, sin saber por qué, me sentía confuso y humillado. "No hay duda —dije—, yo estoy combatiendo con armas desiguales; Julia me oye hablar de bagatelas y majaderías con sus primas que, después de todo, no son más que unas mujeres tan vulgares como todas, y desde lo alto de su superioridad me juzga, o tan materialmente prosaico como Luisa, o tan ridículamente sensible como Elena".

¡Oh, si pudiera hablarla a solas, si pudiera hacerla comprender que yo tengo aquí dentro del corazón y la cabeza algo que no sé si es grande, pero de seguro no es vulgar!

En esto llegamos al término de nuestro paseo, que era un pequeño caserío blanco como la nieve y situado en una altura donde se dominaba parte de la costa y del mar, que se dilataba inmenso a nuestros ojos hasta tocar y confundirse con el cielo.

—Mire usted —me dijo Luisa apenas hubimos llegado, señalándome con el dedo el horizonte—: ¡mire usted qué cosas tan preciosas hace el sol en el agua! Si parece que todo el mar está lleno de pedacitos de oro que van saltando.

—¡Qué hermoso es el mar! —exclamó a su vez Elena—; yo le digo a usted francamente que pasaría gustosa toda mi vida en este caserío escuchando el murmullo del oleaje y respirando este viento que parece que acaricia cuando pasa.

En efecto, el espectáculo que ofrecía a nuestros ojos era magnífico.

Yo tendí la mirada por aquel mar sin límites y, sintiéndome lleno de su inmensa poesía, estuve a punto de prorrumpir en un himno. Por fortuna, en aquel instante me asaltó a la imaginación el recuerdo de Julia, y me pareció verla aún sonreírse, con aquella sonrisa irónica que tanto me había herido en una ocasión semejante, y me contuve y fijé en ella la mirada para sorprender sus impresiones en la expresión de su rostro.

Julia se había quitado el sombrero; parte de su cabello oscuro, descuidadamente recogido, flotaba a merced del aire. Su rostro había sufrido una nueva transformación, sus desmesurados ojos habían vuelto a abrirse de par en par, sus luminosas pupilas se habían dilatado otra vez y su mirada flotaba, sin fijarse en un punto, entre el vapor de fuego que cortaba el horizonte como una línea de oro.

¡Un himno al mar!, necio de mí; yo haber creído un momento que podía hacerse, que había palabras bastantes, pero no. El verdadero himno, el verbo de la poesía hecho carne, era aquella mujer inmóvil y silenciosa cuya mirada no se detenía en ningún accidente, cuyos pensamientos no debían caber dentro de ninguna forma, cuya pupila abarcaba el horizonte entero y absorbía toda la luz y volvía a reflejarla. Hasta que no las vi unas enfrente de otras, no se me revelaron en toda su majestad aquellas tres inmensidades: el mar, el cielo y las pupilas sin fondo de Julia. Imágenes tan gigantescas solo podían copiarlas aquellos ojos. "¡Oh! —pensaba yo mirándola—, ¡quién fuera un dios para poder sentir bajo su frente las vibraciones de la inteligencia embriagada de inmensidad, de luz y de armonía!".

***

Julia se mantenía aún inmóvil y en silencio; yo la contemplaba absorto, cuando Elena se le acerca y, sacándola de su éxtasis, le dijo con cierto énfasis:

—Y a ti, ¿te gusta el mar?

Yo creí que no contestaría. La pregunta aquella, dirigida a una mujer de sus condiciones, no merecía verdaderamente más contestación que el silencio. Julia, en efecto, pareció dudar un instante; pero después, tornando a sonreírse con aquella sonrisa extraña que le era peculiar, se limitó a responder:

—Sí, me parece bonito.

¡Bonito el mar! ¡Qué inmensa ironía no revelaba esta frase! Al oírla, comprendí cuán pequeño me habría considerado al decirme la tarde anterior: "Yo entiendo poco de música".

IV

Después que volvimos del paseo, busqué una ocasión de hallarme solo con Luisa. Yo no sé si estaba enamorado de Julia, pero la verdad es que su memoria me preocupaba tan hondamente que ya era necesario a toda costa que yo la conociese, que supiese algo de ella; un día más en la incertidumbre en que me encontraba hubiera concluido por volverme loco.

Cuando vi a Luisa un instante separada de Elena, le dije francamente lo que me sucedía; le expuse mis dudas, le pedí por Dios que me sacase de aquel laberinto de confusiones en que me encontraba.

Luisa me escuchó con atención y, cuando hube concluido de referirle la historia de mis locas imaginaciones, me dijo con cierto aire malicioso:

—No se enamore usted de esa mujer, no se enamore usted, porque...

—¿Por qué? —la interrumpí yo.

—Porque será usted muy infeliz. ¿No le dije a usted que era una mujer original...?

—Y bien —añadí—, que no tiene nada de vulgar ya se ve; pero lo que deseo que usted me explique es por qué parece como que nos desdeña, por qué guarda ese silencio misterioso.

—Por una razón muy sencilla, porque su mamá, que es una señora de gran talento, le tiene encargado mucho que no hable delante de gente.

—Su mamá —exclamé estupefacto, y sin comprender una sola palabra de aquella algarabía de Luisa—, su mamá. ¿Y por qué razón se lo ha prohibido?

Luisa se detuvo un momento como dudando al contestarme; después, echando una mirada de reojo hacia el grupo que formaban Elena y Julia para cerciorarse de que no podían oírla, me dijo, bajando la voz:

—Porque es tonta.

UN LANCE PESADO

Como a la mitad del camino que conduce de Ágreda a Tarazona y en una hondonada, por la que corre un pequeño arroyo, hay una casuca de miserable aspecto, especie de barraca con honores de venta, donde los arrieros castellanos y aragoneses se detienen a echar un trago en los días de calor o a sentarse un rato a la lumbre cuando sopla el cierzo o cae una nevada. La venta no es de los lugares más seguros que digamos; las crónicas del país refieren mil y mil historietas de asaltos nocturnos, robos y muertes acontecidos en sus alrededores y sin duda alguna fraguados por los pajarracos de cuenta que aquí concurrían, y encubiertos por el antiguo ventero, hombre de tan mala vida como mal fin dicen que tuvo.

Las continuadas visitas de la Guardia Civil y el haber cambiado la venta de dueño han sido causas más que suficientes para hacer de aquellos lugares, antes temibles, uno de los pasos más seguros del camino de Tarazona. Así me lo aseguraron al menos gentes conocedoras de la comarca; pero, como suele decirse, cría fama y échate a dormir. Rara es la persona que cuando comienza a internarse en aquel barranco, donde por todas partes limitan el horizonte las quiebras del terreno y en cuyo fondo se ve la casuquilla sucia, oscura, ruinosa y como agazapada al borde de la senda, al acecho del caminante; rara es la persona, repetimos, y sobre todo si tiene algo que perder, que no tienda a su alrededor una mirada de inquietud, y después de cerciorarse de que su escopeta está cebada y pronta, no arrima los talones a la caballería que lo conduce, por aquello de que el mal paso andarlo pronto.

La primera y única vez que he llegado a aquel punto no la olvidaré nunca. Hay acontecimientos en la vida tan extraños y horribles que, si cien años viviéramos, los tendríamos siempre tan frescos en la memoria como el día que tuvieron lugar. El que voy a referir es seguramente uno.

Ya hace de esto bastantes años: yo iba en compañía de un amigo a visitar el antiguo monasterio de Veruela, una magnífica obra de arte que me habían ponderado mucho y que deseaba ver hacía algún tiempo. Salimos al amanecer de un pequeño lugar próximo a Soria, donde me encontraba entonces; atravesamos la sierra del Madero y, después de una jornada de cuatro o cinco horas, hicimos alto para comer en Ágreda.

El día, que se mantuvo nebuloso hasta cosa de las doce, comenzó a ponerse tan malo que, al llegar a los postres de la comida, me asomé a una de las ventanas de la posada en que habíamos hecho alto, y viendo encapotarse el cielo de nubes oscuras y amenazadoras, de las cuales comenzaban a desprenderse algunas gotas de agua, exclamé, dirigiéndome a mi compañero:

—¿Te parece que hagamos noche aquí?

—Allá veremos cómo se presenta la tarde —me contestó.

Y dando un golpe en la mesa, llamó al muchacho que nos servía e hizo traer una botella más sobre las dos que ya nos habíamos bebido: total, tres. Y hago esta mención del número de botellas, porque si el lector, como en el cuento de las cabras de Sancho, quiere llevar la cuenta de las que bebimos, tal vez encontrará más natural y verosímil el desenlace de la historia que voy a referirle.

Cuando concluimos con la tercera botella, llovía si Dios tenía qué. Hicimos traer la cuarta, y cuando arrojamos el casco vacío, yo no sé ya si llovía o tronaba; lo que puedo decir es que la habitación se nos andaba alrededor, que bajamos la escalera a trompicones, ensillamos como pudimos y algunos minutos después, corríamos a rienda suelta por el camino de Tarazona, sin cuidarnos más de los truenos, el granizo y la lluvia, que de las desazones del gran turco. Y así corrimos sin parar hasta el barranco de la venta.

El agua caía a torrentes: el camino estaba hecho una laguna, y nosotros calados hasta los huesos. Tal vez el frío, el aire que nos había azotado la cara, nuestra crítica situación o todas estas cosas juntas contribuyeron a despejarnos un poco. Una vez despejados y serenos, conocimos toda la atrocidad de nuestra locura. La noche comenzaba a cerrar, el camino se había puesto intransitable. Tarazona distaba aún más de tres leguas, el arroyo del barranco, crecido con las vertientes, no era ya un arroyo, sino un río.

—¿Qué hacemos? —exclamé yo un poco preocupado y dirigiéndome a mi amigo, que probaba aunque sin éxito a vadear el arroyo.

—No nos queda mucho para escoger —me respondió sin alterarse—: o quedarnos en la venta, o volver a Ágreda, porque, en cuanto al arroyo, no soy yo quien lo vadea esta noche.

Al oírle fijé la vista en la casucha, y sin poderlo remediar me asaltaron la memoria el recuerdo de todos los episodios terribles que acerca de ella me habían referido. Preocupado con estas siniestras ideas, guardé silencio.

—¡Bah! —prosiguió mi amigo—, quedémonos aquí; si nos falta cama, no nos faltará un jarro de vino, y a falta de pan, buenas son tortas.

Así diciendo, se apeó del caballo y comenzó a llamar a la puerta de la casa. Le imité, aunque costándome algún trabajo vencer una especie de temor que no expresaba por parecerme no solo infundado, sino hasta ridículo. Llamamos una, dos, tres, hasta cinco veces, sin que nadie nos contestase. Yo creí oír, sin embargo, el eco de varias voces dentro de la casa, y a través de los mal unidos tableros de la puerta, veía el resplandor de la llama del hogar. Volvimos a golpear con más fuerza, hasta que, al cabo de mucho tiempo, sentimos el rechinar del cerrojo, se abrió la puerta y apareció el ventero en el dintel.

—Ustedes perdonen, señores —nos dijo con una cara muy afable—; ya hacía rato que oíamos llamar, pero, como corre una cercera tan grande, se nos antojó que el viento movía las puertas.

Mi amigo parecía satisfecho con la explicación: a mí comenzaba por hacerme mal efecto la afabilidad del ventero y su carácter de hombre honrado. Si hubiera tenido trazas de facineroso, tal como yo me lo figuré de antemano en la imaginación, tal vez no me hubiese dado tanto en qué pensar. Entramos en la cocina; mi primer cuidado fue revolver los ojos alrededor buscando las personas cuyas voces había oído desde la puerta. No había en ella más que una muchacha, bien linda por cierto, que atizaba el fuego del hogar, y un gato que dormitaba acurrucado junto a la lumbre. "¿Por dónde ha desaparecido esa gente?", pensé yo, y entre tanto, y con el mayor disimulo posible, hería el suelo con el pie para cerciorarme de que no había ninguna trampa. Mientras yo me mantenía silencioso y retraído, y el ventero se ocupaba en quitar la silla a nuestros caballos, mi amigo, so pretexto de encender un cigarro, se acercó al hogar, y, después de los cuatro o cinco piropos de costumbre, trabó conversación con la muchacha de la venta. No he visto en mi vida cara más graciosa, más ingenua, ni de expresión más sencilla e inocente que la de aquella muchacha, ni tampoco he encontrado mujer que me haya inspirado una repulsión instintiva y una antipatía natural más grande. Concluyó el ventero su operación y sentose en un rincón de la cocina; la muchacha colocó delante del hogar una mesilla de pino, desvencijada y coja, y sobre la mesa un jarro boquirroto y dos vasos. Mi amigo comenzó a beber y a charlar; yo bebía en silencio; el ventero dormitaba; el gato gruñía con un ruido particular; la muchacha tenía fijos en nosotros dos ojos que me parecían tan grandes como toda su cara; la llama del hogar al agitarse hacía danzar de una manera fantástica nuestras sombras que se proyectaban en los muros; los granizos golpeaban los vidrios de una ventanilla a través de la que brillaban los relámpagos; el viento se dilataba por la llanura con largos gemidos, y el arroyo, crecido con la avenida, forcejeaba entre las piedras al pie de la casa con un rumor extraño y monótono. En este momento mi amigo comenzó a cantar:

La donna è móbile
è piuma al vento
muta d'accento
e di pensiero.

A sempre amabile
leggiadro viso
e il piantto e il riso
è menzognero.

No sé cómo explicar el efecto que me hizo esta música en aquella ocasión; lo que puedo decir es que cuando nos decidimos a acostarnos y el ventero tomó la luz para acompañarme al tabuco donde me habían preparado la cama, mientras mi compañero subía por una escalera de caracol en busca de la suya, el recuerdo del último acto del *Rigoletto* estaba tan fijo en mi imaginación que no pude oír sin un estremecimiento involuntario la voz gruesa y estentórea del ventero que me dijo al despedirse:

—Buenas noches. Buenas noches... —me dijo en castellano muy claro.

Pero a mí me pareció escuchar aquellos acordes temerosos de la orquesta que acompañan el canto de Sparafucile y oír su voz siniestra que me decía con un acento de horrible sarcasmo:

—*Buona notte!*

No, y lo que es la noche que el dichoso borgoñón le preparaba a su huésped, después de deseársela tan feliz, no era para envidiada.

Pensando esto, oí crujir las tablas del techo de mi cuarto. Sin duda mi amigo duerme encima y se dispone a meterse en la cama, dije, y apagué la luz y me metí en la mía. El cansancio puede más que las mayores preocupaciones; así es que, a pesar de todas mis ideas horribles, me dormí a los cinco minutos como un tronco. No sé cuánto tiempo haría que estaba dormido, cuando entre sueños y de una manera muy confusa, me pareció oír hablar en voz baja cerca de la puerta de mi cuarto. Quise oír lo que decían, pero no me era posible; solo llegaban a mis oídos palabras sueltas y sin ilación.

No obstante, ya había sorprendido algunas bastantes sospechosas, cuando el murmullo de las voces comenzó a sonar más lejano, apagándose por último.

Así que el murmullo se apagó del todo, hubo un momento de silencio, transcurrido el cual comencé a oír el crujido de la escalera de caracol, que gemía con un ruido imperceptible como si subiesen cautelosamente por ella; después percibí con mucha claridad ruido de pasos sobre el techo, que se estremecía de cuando en cuando. Yo no sabía qué partido tomar; me revolcaba en la cama haciendo esfuerzos supremos para levantarme, y parecía que estaba cosido allí o sujeto por una fuerza poderosa.

En este estado de exaltación nerviosa hirió mis oídos un grito agudo, y el techo comenzó a temblar conmovido, como si en la habitación se hubiese trabado una espantosa lucha. Oí pisadas fuertes y desiguales, oí rodar muebles; me parecía percibir confusamente imprecaciones ahogadas, y por último un golpe sordo como el de un cuerpo que cae desplomado... ¡Después, silencio...! Unos ayes dolientes que se apagaban poco a poco, y un ruido extraño, leve, compasado, semejante al que produce la péndola de un reloj. ¡Era sangre, sangre que se filtraba por entre los mal unidos maderos del techo y caía gota a gota en mi cuarto! Hice un esfuerzo gigantesco, me incorporé de la cama, me restregué los ojos; tenía la respiración anhelosa, el pecho oprimido.

—¿Será un sueño, una pesadilla horrible? —exclamé palpándome para salir de la duda.

No, desgraciadamente no. Estaba despierto, tan despierto como ahora, y oía, sin embargo, el ruido que producía la sangre al caer, rumor extraño, con un sonido alterno y monótono, semejante al de las gotas de agua que caen en un charco.

Vencí el miedo horrible que me embargaba; salté de la cama a oscuras; cogí a tientas la escopeta y, cerciorándome precipitadamente de que estaba pronto el gatillo, salí a la cocina llamando a voces al ventero. Allí tropecé con dos o tres sillas; volqué la mesa; hice un ruido espantoso, hasta que al fin aparecieron.

La muchacha, medio desnuda y con un candil en la mano por una puerta, y el padre, todo aturdido y en paños menores, por otra. Mi primera insinuación fue echarme la escopeta a la cara y apuntar al ventero. La muchacha al verme comenzó a dar gritos, el padre, más pálido que la cera, se arrinconó en el hogar encomendándose a Dios y creyendo llegada su última hora.

—¿Dónde está mi amigo? —le pregunté dos o tres veces sin dejar de apuntarle.

El miedo sin duda no le permitió desplegar los labios; la muchacha, por el contrario, ponía el grito en las nubes; yo, creyendo leer el crimen en la turbación de aquel pobre hombre, no sé lo que hubiera hecho a no aparecer en aquel instante mi compañero de viaje en lo alto de la escalera.

—¡Qué! —exclamé, asombrado, al verle—. ¿No te han muerto?

—¡Matarme! —respondió a mi pregunta—. Pues si dormía como un lirón cuando me ha despertado este ruido espantoso.

—Pero —proseguí, de cada vez más confuso—, ¿y los

ayes que he oído, la lucha que ha tenido lugar en tu habitación y que he sentido perfectamente?

—¡Habrás soñado! —me interrumpió mi amigo con aire de burla.

—¿Y el ruido de las gotas de...? —continué yo precipitadamente—; ese ruido que todavía se oye.

—¡Bah! —se atrevió a decir el ventero, ya repuesto del susto—; eso es que, como la casa es vieja y cae un mar de agua, la habitación se llueve y suenan las goteras.

La escopeta se cayó de mis manos; el suelo parecía que se había abierto a mis pies.

Para dar idea de lo avergonzado que me dejó este ridículo lance, no diré más sino que, al volver a Ágreda desde Tarazona, a donde fuimos al otro día, eché por otro camino y rodeé más de un cuarto de hora por no pasar otra vez por la maldita venta.

UN TESORO

—¡Ánimo, amigo don Restituto, ánimo! Más trabajo pasaría Colón para descubrir el Nuevo Mundo, y usted no podrá menos de convenir que se trataba de una bicoca comparado con el asunto que traemos entre manos. El Arte, la Arqueología y la Historia aguardan impacientes el resultado de nuestra arriesgada empresa. La Europa científica tiene sus ojos en nosotros. Ánimo, amigo mío, ánimo, que ya tocamos al término de la expedición.

—Hora es de que toquemos a cualquier parte, porque, si he de decir la verdad, confieso que no puedo ya ni con la fe de bautismo en papeles. ¡Qué vericuetos tan horribles y qué sendas tan impracticables! Esto no es camino de hombres, sino de cabras.

—¿Ve usted aquel pueblecito medio oculto entre las ondulaciones del valle que se extiende a nuestros pies? Pues en el mismo lugar en que se levantan las cuatro chozas que lo componen, ni un palmo más acá ni más allá, estuvo situada en los tiempos pretéritos la famosa Micaonia de los fenicios, la Micegarie o Micogurioe de los romanos y la Guadalmicola de los árabes, que merced al trastorno de las edades y las cosas ha venido a ser el Cebollino de nuestros días.

—Pero, ¿está usted seguro?

—Pues, hombre, no faltaba otra cosa... Quinto Curcio lo asegura; ambos Plinios, el joven y el viejo, lo confirman; Sardanápalo, Príamo y Confucio habían ya iniciado la misma idea, y si bien el judío don Rabí Ben-Arras y el moro Tarfe son de distinta opinión, los cronicones del arzobispo Turpín y las memorias del Preste Juan de las Indias han resuelto hasta la más insignificante duda que pudiera ocurrir sobre el asunto.

—¿De modo que puede darse por cosa hecha que encontraremos lo que se busca?

—Y lo que ni siquiera imaginamos, y más, mucho más de lo que nos será posible llevar con nosotros. Cavando un poco, ¡pero qué digo cavando!, a flor de tierra tengo por indudable que los camafeos andarán a granel, las ánforas, las urnas y los trípodes a tómatelas, y los anillos, collares, pendientes y medallas, poco menos que a puntillones. Cuando le digo a usted que tenemos un tesoro arqueológico entre las manos...

—¡Dios lo haga! Pues si buenos descubrimientos hacemos, buenas fatigas nos cuestan.

Esto diciendo, los dos personajes que, caballeros en sendas mulas, sostenían entre sí el anterior diálogo en lo más alto y escabroso de la montaña que domina el lugar de Cebollinos, picaron con los talones las caballerías y emprendieron paso a paso la senda que baja serpenteando entre rocas y cortaduras hasta el fondo del valle.

Las doce acababan de sonar en el reloj de la iglesia cuando nuestros héroes llegaron a las puertas del único mesón del pueblo, con un sol de justicia sobre la espalda, secas las fauces con el polvo del camino y hecha un río la cara con el sudor que les caía a caños de la frente.

Don Restituto pensó en tomar un bocado y echar un par de horitas de siesta antes de proceder a las excavaciones, pero su compañero, verdadero apóstol de la arqueología y, por lo tanto, infatigable, apuró su elocuencia en persuadirle de lo contrario.

Cuando no sin pena lo hubo conseguido, ambos amigos, armados de sus correspondientes azadas y acompañados del dueño del mesón, se dirigieron a una de las salidas de la aldea, haciendo alto al pie de los restos de un abandonado horno de ladrillos, que nuestro héroe clasificó a priori de cimientos de una fortaleza celtíbera.

A los primeros azadonazos apareció entre la tierra un objeto de metal, pequeño, redondo y brillante.

El arqueólogo creyó haber encontrado una medalla de oro del rey Asex, la única que falta en la gran colección numismática del Museo de Londres.

Un examen más detenido y la intervención del mesonero en el esclarecimiento del asunto dio por resultado que el objeto en cuestión era uno de los botones de la casaca de un realista.

—Vea usted aquí un objeto que dentro de un par de miles de años será una curiosidad de primer orden. Guárdelo usted, guárdelo usted, don Restituto, que algo es algo.

—Si tuviera la esperanza de vivir ese tiempo, no digo a usted que no lo guardaría —exclamó don Restituto, suspirando tristemente y arrojando el botón, que se apresuró a recoger el mesonero, a quien precisamente se le había caído aquel día uno de los calzones y pensaba sustituirle con aquel tan hermoso y tan brillante.

El arqueólogo, sin desmayar un punto, emprendió de nuevo el trabajo. Don Restituto se enjugó el sudor de la frente con un amplísimo pañuelo de yerbas, sacó una enorme caja de rapé, de la que tomó un polvo, no sin haberle ofrecido antes al mesonero y, después de restregarse las manos, se inclinó con lentitud, recogió la azada e imitó a regañadientes la conducta de su colega.

Durante algunas horas las excavaciones no dieron de sí más que algunos pedazos de suelas de zapatos viejos, huesos de diferentes animales que no parecían antediluvianos, y otros mil y mil pedazos de esos objetos sin color ni nombre de que se puede encontrar abundante colección en un muladar cualquiera.

Don Restituto estaba ya a punto de desertar de las banderas arqueológicas y el mesonero, a quien la idea de ser copartícipe del rebuscado tesoro había detenido hasta entonces, se disponía a marcharse, cuando el apóstol de la ciencia exhaló un grito de júbilo. Había tocado un objeto casi completamente cubierto por la tierra y que solo dejó ver un asa.

Arrojar la azada lejos de sí, apresurarse a escarbar con las uñas para no exponerse a quebrar el precioso hallazgo, sacarlo a luz y exhibirlo triunfalmente a sus atónitos compañeros, todo fue obra de un instante.

—¡He aquí! —exclamó en tono magistral—, he aquí un descubrimiento que paga con usura todos nuestros trabajos y fatigas; he aquí un utensilio figulino sobre el cual redactaremos una memoria que llenará de pasmo a las academias. Vea usted, señor don Restituto, vea usted qué carácter tan nuevo y tan extraño. No es el cado celtíbero ni el ánfora romana. Tiene puntos de contacto con la diota y no es una diota; puede hacerse pasar por una lagena y no es lagena del todo. ¡Qué barniz! ¡Qué esmalte! Estos objetos inopinadamente salidos del fondo de la tierra para recordarnos aquellos grandes y venturosos siglos son la vergüenza y la humillación de nuestra moderna historia. ¿Qué Sèvres ni qué porcelana chinesca puede compararse a este maravilloso vaso, que no vacilo en calificar de etrusco a juzgar por las pinturas y las fajas verdes, amarillas y azules que lo decoran? ¡Ah, querido amigo don Restituto!, grande fortuna ha sido la nuestra al hacernos con este inapreciable fragmento; él solo bastará a labrarnos una reputación; pero ¡cuán inmenso, cuán digno de envidia sería la del siete veces dichoso mortal que hubiera logrado poseer intacto este tesoro!

Al llegar a este punto de la relación, el mesonero, que había seguido con creciente interés el hilo del improvisado discurso del arqueólogo, prorrumpió en un amarguísimo llanto, diciendo entre suspiros entrecortados y sollozos que partían el alma:

—¡Ah, desdichado de mí, en qué menguada hora vine al mundo! ¡Pensar que he tenido la fortuna en mis manos y no he sabido conocerla!

—¿Qué dice usted, buen hombre? —exclamaron a un tiempo don Restituto y su compañero de glorias y fatigas.

—Lo que ustedes oyen. Esa biota, o nagena, o berenjena, o como ustedes quieran llamarla, esc tesoro en fin, lo he tenido yo por espacio de muchos años en mi casa, hasta que en la última enfermedad de mi padre se inutilizó, no sé por qué accidente, y arrojé los cascos en este estercolero. ¡Bestia de mí, que en tan bajas cosas lo empleaba y tan poco cuidado puse en su conservación!

—Y —diga, buen amigo— le interpeló don Restituto, que comenzaba a escamarse: ¿dónde se hizo usted con este... vamos, llamémosle vaso?

—En la feria de un pueblo vecino se lo compré a un cacharrero.

—¿Y lo dedicaba usted a...?

—Sí, señor.

—Luego, en suma, no era ni más ni menos que un...

—Justamente.

Un rayo que hubiera caído a los pies del arqueólogo no le hubiera causado más efecto que estas palabras.

Don Restituto sacó otra vez el pañuelo de yerbas, se enjugó la frente con mucha calma, se sacudió con cuidado la tierra que le había manchado el pantalón al practicar las excavaciones, desenvainó la caja de rapé, de la cual, sin ofrecerle a nadie, tomó un gran polvo, y después de restregarse a un lado y otro la nariz con el pulgar y el índice, se limitó a exclamar:

—¡Yo me tengo la culpa!

NOTAS PARA LA EDICIÓN 2021

1) Contexto histórico

El siglo XIX es una época turbulenta para España. Comienza con la invasión francesa en 1808 y su consiguiente guerra de independencia, y termina con el conflicto hispano-estadounidense, también conocido como el Desastre del 98, estocada final al corazón del Imperio Español.

2) Contexto literario

En lo político y social, el país sufre grandes cambios, al compás de enroques dinásticos, ensayos republicanos y una restauración monárquica. En sintonía con los principales países del continente, España ve nacer, prosperar y coexistir diversos movimientos artísticos, a menudo contrapuestos.

En este contexto, Bécquer es un exponente fundamental del romanticismo tardío, aunque escribe en pleno auge del realismo. Alejado de la pomposidad y los lugares comunes de la época, tanto en su prosa como en su poesía, ensaya una nueva encarnación del romanticismo, distanciado de la retórica y procurando alcanzar un intimismo lírico, ornado en su justa medida.

Bécquer poeta dice tanto con sus palabras como con aquello que insinúa, y sus breves poemas dejan suspendidas un sinfín de evocaciones en cadencia musical. Como prosista, es un maestro del género en la lengua castellana, en particular del relato gótico y la prosa lírica, en los que integra elementos de su poesía.

Con Rosalía de Castro, es un pionero de la lírica moderna, al tiempo que sirve de puente con corrientes del romanticismo más ortodoxo, integrando con éxito la poesía popular (sin caer en el costumbrismo realista) y la "estética del sentimiento".

3) Biografía

Bécquer nace en Sevilla el 17 de febrero de 1836, en el seno de una familia de artistas de origen noble y con raíces flamencas, aunque establecida en Andalucía desde el siglo XVII.

Huérfano a temprana edad, Gustavo Adolfo es adoptado por su tía materna junto a sus numerosos hermanos. El más allegado, Valeriano, se destaca en la pintura. Bécquer estudia en el Real Colegio de Humanidades de San Telmo de Sevilla, hasta su cierre por el Estado.

El 19 de mayo de 1861, contrae matrimonio con Casta Esteban y Navarro, en Madrid, con quien tiene tres hijos. Tras ejercer algunos oficios, se destaca como cronista de salones y, en paralelo, comienza a escribir para complementar el ajustado ingreso familiar.

En 1863, tiene una recaída de tuberculosis y se traslada con Valeriano al Monasterio de Veruela (Zaragoza), lugar de tratamiento para esta enfermedad. En el antiguo monasterio encuentra fuente de inspiración para los relatos románticos de

Leyendas y para las *Cartas desde mi celda*, publicadas estas últimas originalmente en el periódico *El confidencial*. Es una etapa seminal de su producción artística.

Tras su recuperación, trabaja como censor de novelas en Madrid entre 1864 y 1868; en 1870, con la muerte de su inseparable hermano Valeriano de por medio, es nombrado director de *La Ilustración* de Madrid.

Muere en Madrid a los 34 años, el 22 de diciembre de ese mismo año.

4) Legado literario

La influencia de Gustavo Adolfo Bécquer en la poesía en español es mayúscula. Aunque es justo clasificarlo como escritor romántico, el calificativo queda corto. En su obra es innegable la sensibilidad del simbolismo, e incluso se observan rasgos de modernismo.

Su influjo se aprecia en la obra de varias generaciones de autores hispanoamericanos, entre los que se cuentan Delmira Agustini, Rubén Darío, Leopoldo Lugones y Amado Nervo.

5) Citas de esta obra

<u>Apólogo:</u>

Brahma se mecía satisfecho sobre el cáliz de una gigantesca flor de loto que flotaba sobre el haz de las aguas sin nombre.

En este estado de embriaguez deseó alguna cosa muy extravagante, muy ridícula, muy pequeña; algo que formara contraste con todo lo magnífico y lo grandioso que había creado: y fue la humanidad.

<u>Historia de una mariposa:</u>

Sin duda en el instinto de las mariposas hay algo de fatal que las lleva a la muerte.

La araña vivía en el claustro de un monasterio ya ruinoso y casi abandonado. Allí se había hecho una casa, tejida con un hilo oscuro, entre los huecos de un bajorrelieve.

<u>Memorias de un pavo:</u>

Para mí no existe pasado ni porvenir; de lo que fui no me acuerdo; de lo que seré no me preocupo. Mi existencia, reducida al momento presente, flota en el océano de las cosas creadas como uno de esos átomos luminosos que nadan en el rayo del sol.

Sin que yo, por mi parte, la haya solicitado, ni poder explicarme por dónde me ha venido, me he encontrado con la vida; y como suele decirse que a caballo regalado no hay que mirarle el diente, sin discutirla, sin analizarla, me limito a sacar de ella el mejor partido posible.

Tal es mi vida; hoy como ayer, probablemente como hoy.

¡Parece que al alejarme de estos sitios se me arranca algo del fondo de las entrañas y, a mi pesar, se queda en ellos!

<u>Un boceto del natural:</u>

Yo he leído en alguna parte que hay ciertas reglas sacadas de la observación para conocer el carácter de la persona por solo su escritura. Dificulto que esto pueda constituirse, como la frenología o la fisionomía, en una ciencia, ni aun por sus más adictos partidarios; pero no hay duda que, por un sentimiento vago e instintivo, siempre que vemos un autógrafo cualquiera, se nos antoja que conocemos ya, aunque de un modo confuso, la persona a quien pertenece.

El sol se había puesto: en el jardín se escuchaba esa confusa algarabía de los pájaros tan característica de las tardes de estío; la brisa del mar, meciendo lentamente las copas de los árboles y empapándose en el perfume de las acacias, entraba a bocanadas por el balcón, inundando el gabinete en olas invisibles de fragancia y de frescura.

Yo tendí la mirada por aquel mar sin límites y, sintiéndome lleno de su inmensa poesía, estuve a punto de prorrumpir en un himno.

Hasta que no las vi unas enfrente de otras, no se me revelaron en toda su majestad aquellas tres inmensidades: el mar, el cielo y las pupilas sin fondo de Julia.

<u>Un lance pesado:</u>

Rara es la persona que cuando comienza a

internarse en aquel barranco, donde por todas partes limitan el horizonte las quiebras del terreno y en cuyo fondo se ve la casuquilla sucia, oscura, ruinosa y como agazapada al borde de la senda, al acecho del caminante; rara es la persona, repetimos, y sobre todo si tiene algo que perder, que no tienda a su alrededor una mirada de inquietud, y después de cerciorarse de que su escopeta está cebada y pronta, no arrima los talones a la caballería que lo conduce, por aquello de que el mal paso andarlo pronto.

Hay acontecimientos en la vida tan extraños y horribles que, si cien años viviéramos, los tendríamos siempre tan frescos en la memoria como el día que tuvieron lugar.

Mi amigo parecía satisfecho con la explicación: a mí comenzaba por hacerme mal efecto la afabilidad del ventero y su carácter de hombre honrado. Si hubiera tenido trazas de facineroso, tal como yo me lo figuré de antemano en la imaginación, tal vez no me hubiese dado tanto en qué pensar.

No he visto en mi vida cara más graciosa, más ingenua, ni de expresión más sencilla e inocente que la de aquella muchacha, ni tampoco he encontrado

*mujer que me haya inspirado una repulsión
instintiva y una antipatía natural más grande.*

*Estaba despierto, tan despierto como ahora, y oía,
sin embargo, el ruido que producía la sangre al caer,
rumor extraño, con un sonido alterno y monótono,
semejante al de las gotas de agua que caen en un
charco.*

<u>Un tesoro:</u>

*El arqueólogo creyó haber encontrado una
medalla de oro del rey Asex, la única que falta en la
gran colección numismática del Museo de Londres.*

*Un examen más detenido y la intervención del
mesonero en el esclarecimiento del asunto dio por
resultado que el objeto en cuestión era uno de los
botones de la casaca de un realista.*

*—Vea usted aquí un objeto que dentro de un par de
miles de años será una curiosidad de primer orden.
Guárdelo usted, guárdelo usted, don Restituto, que
algo es algo.*

*Durante algunas horas las excavaciones no dieron
de sí más que algunos pedazos de suelas de zapatos
viejos, huesos de diferentes animales que no parecían*

antediluvianos, y otros mil y mil pedazos de esos objetos sin color ni nombre de que se puede encontrar abundante colección en un muladar cualquiera.

Índice